LE GRAND
MAGVS.
TRAGI-COMEDIE.

A ORANGE,

Chez EDOVARD RABAN, Imprimeur
& Libraire de son Altesse, de
la Ville & Vniversité.

M. DC. LVI.

A MONSIEVR DE SIFREDI.

M*ONSIEVR,*

C'eſt avec juſte raiſon que mon eſprit a voulu s'occuper à trouver le moyen de vous plaire dans ce petit ouvrage, puis que ſous voſtre approbation il s'eſtime aſſez heureux pour ſe garantir de tou-tes les injures qu'on luy pourroit attribuer; non ſeulement que je ne le ſçaurois preſenter à vne perſonne dont le merite fut plus grand, & qui ſçeut mieux flatter les fautes que je pourrois avoir commiſes. Car à la verité je croirois d'e-ſtre le plus mal-heureux du monde, ſi ce que je mets en lumiere, ne donnoit quelque eſtincelle à voſtre eſprit; pour vous faire connoître que j'ay autant de zele de vous ſervir, comme de gloire de vous en faire reſſentir les effets, lors qu'il vous plaira me commander. Si j'en pouvois faire naître les occaſions, j'effectuerois mon devoir mieux que je ne fais: mais croyant d'eſtre plus heureux pour le preſent, que je n'ay eſté par le paſſé, je prendray la hardieſſe de m'attribuer le titre de

MONSIEVR,

Voſtre tres-humble & tres-
obeyſſant ſerviteur,

DE LA MOTTE.

Au Lecteur.

CHER Lecteur, je crois que ce petit effet de mon esprit ne te sera pas moins agreable pour le divertissement de l'intrigue, que pour la suite du discours. Et comme il est permis à chacun de dire son sentiment, je crois que les beaux Esprits jugeront de ce qu'il y a de meilleur : Et les autres qui ne sont pas si capables, se contenteront de lire le reste. Que si le Satyre veut prendre possession sur mon ouvrage, ils n'ont qu'à le bien regarder, ils trouveront autant de paroles grotesques pour se mocquer d'eux, qu'eux trouveront de moyens à se rendre ridicule.

Les Acteurs.

CLORIDOR, General d'Armée.
FLORISTE, Fille d'Alebas.
D'ALEBAS, Pere de Floriste.
DOROTHEE, Suivante de Floriste.
BRISE-FER, Valet de Cloridor.
DV BALAIS, Gentilhomme estranger.
ALEXANDRE, Le Roy.
DE LOSELET, Page de Floriste.

ACTE

ACTE PREMIER.

SCENE PREMIERE.

Cloridor. Brise-fer.

Cloridor.

I'AIME, & de tous coftez je
    me fens combatu.
C'eft ce qui rend fi toft mon
    efprit abatu.
Si faut-il que l'amour foit vne
    rude chaine.
Qui reçoit du plaifir en a bien
    de la peine.
Qui tombe entre fes mains au temps de fa rigueur,
Goufte bien l'amertume, au lieu de la douceur.
Et par ce changement tout fe trouvant contraire,
Rien dedans cet eftat ne vous peut fatisfaire.
Il n'y a rien d'affeuré parmi la verité.
Le menfonge a fon lieu par vn mafque emprunté.
Mille & mille difcours qu'elle vous fait entendre,
Ce font des Cupidons qui vous vienent furprendre.
Encor ne feroit rien fi vous pouviez avoir
Celle que vous aimez feule à voftre pouvoir.
Mais il faut en vfer avecque tant d'adreffe,
Que ce feul embarras me tourmente fans ceffe.
Florifte a bien pour moy quelque inclination,
Et je la dois aimer dans cette intention.
Ie ne me fonde pas à l'humeur de fon pere :
Car fouvent ce fantafque irrite ma colere.

Et de quelle façon qu'il déguise avec moy,
Ie sçauray le ranger tousjours dessous ma loy.
Ie témoigne d'avoir pour luy de complaisance,
I'entre dans sa maison dedans l'indifference,
Quoy qu'il ne sçache pas où sont nos rendez-vous.

Brise-fer.

Il cerche dés long temps pour sa fille vn époux :
Mais il se trompe bien, il faut qu'elle y consente.

Cloridor.

Il n'arrivera pas au bout de son attente :
Et celuy qui voudra détruire nos ébats,
Eprouvera bien tost la valeur de mon bras.

Brise-fer.

Tout vous estant acquis du costé de Floriste,
Vous ne sçauriez trouver aucun qui vous resiste.

Cloridor.

Cela ne sert de rien, on sçait ce que je suis :
Mon courage est logé sous de fermes appuis.
Car tu n'ignores pas que les ames bien nées,
Se font connoistre assez aux premieres années.

Brise-fer.

L'on vous cônoit fort bien, vn peu moins de chaleur,
Car tout le monde sçait que vous avez du cœur.

Cloridor.

Tout le monde le sçait, mais d'Alcbas l'ignore.

Brise-fer.

Suffit bien aujourd'huy que Floriste l'adore.

Cloridor.

Ie le connoy fort bien, & j'en voy les effets.

Brise-fer.

Si l'affaire se fait, vous voila satisfaits.

Cloridor.

Tu verras, Brise-fer, aujourd'huy si je l'aime,
Tes yeux seront l'autheur d'vn tel stratageme :

Tout

Tout perira fous moy, fi l'on veut refifter,
Où je mourray pluftot avant que la quitter.
Ie fçauray ménager en façon mon affaire,
Qu'on ne fçauroit trouver moyen de m'en diftraire.

Brife-fer.

Son pere eft affez fin, méfiez-vous de tout.

Cloridor.

Qu'il foit ce qu'il voudra, j'en viendray bien à bout.

Brife-fer.

Vous avez le pouvoir autant que le merite
Enfin cela depend d'yne grande conduite.

Cloridor.

Ie puis certainement, elle eft à mon pouvoir?

Brife-fer.

Il ne vous manqueroit plus rien que de l'avoir.

Cloridor.

Cette réponce eft fotte, autant que temeraire :
Vous-vous émancipez pour me trop fatisfaire.
Apprenez, apprenez vn peu mieux à parler.
C'eft avec vos égaux que vous pouvez railler.

Brife-fer.

Ce difcours à ce coup fait voir mon imprudence.
Excufez mon efprit, ou bien ma complaifance.

Cloridor.

Suffit, voftre befoin fait pardonner tous deux :
Vous pouvez bien parler; mais n'y retournez plus.

Brife-fer.

I'ay tort, je le connois: mais vous aimez Florifte ?

Cloridor.

Ie l'eftime d'autant : pourquoy donc ce propos ?

Brife-fer.

Ie crois qu'il vient le temps qu'elle attend ma vifite.
Permettez, s'il vous plait, que je dife ces mots.

Cloridor.

Cette parole-la n'a plus pour moy de terme :
Mon cœur fe fent bleffé de la flamme que j'aime,
Et perfonne n'en peut juger, hormis les Dieux.
Ces charmes fôt trop doux pour ne les point cônêtre:
Et le mal trop fouffert qui nous caufe ces feux,
Deviét toufjours plus grâd quâd on le laiffe accrêtre.
Ne retardons donc plus, va t'en l'entretenir,*
Et ne perds point le temps pour bien toft revenir.
Cependant je m'en vay donner ordre aux affaires,
Et prendre des confeils qui me font neceffaires.

Brife-fer.   *Il luy dône vne lettre.

Ce qui me fait pefter qu'il faille maintenant
M'en aller exercer à faire vn compliment:
Mon maiftre fçait fort bien qu'il faut de la methode,
Qu'on ne m'a point appris à parler à la mode :
Depuis deux ou trois jours il mene tant du bruit,
Que pour fa folle amour je ne dors jour ni nuiét.
Quoy que j'y aye d'intereft, j'entretiens la fervante
Sous le nom d'vn Hymen, qui fuivra mon attente.
Auffi je ne le fers que pour cet effet-là :
Ie fçay bien que Monfieur, l'autre jour m'en parla,
Car pour toutes les fois que je fais ces meffages,
Elle excroque toufjours de l'argent de mes gages.
Il ne faut pas auffi qu'vn Maiftre fçache tout.
Il vous auroit bien toft privé de voftre gouft.
Mais j'apperçois quelqu'vn qui vient de cette allée,
De vray c'eft vn plumet qui traine fon épée,
Et il me femble encor voir vn autre qui fuit.
Cache-toy, Brife-fer, pour ne faire du bruit.

SCENE

SCENE SECONDE.

Dv Balais. Dorothee.

Du Balais.

IE fuis aife aujourd'huy d'avoir eu ton rencontre,
Si faut-il que mon cœur à ce coup te le montre,
Mon efprit à prefent n'eft plus rempli d'ennuis.
Ie t'aime, tu le fçais. Approche-toy, tu fuis.
Ne viens-tu point de voir, par hazard, ton amant,
Dorothée.
Allez-vous promener, vous eftes trop mefchant,
Ie le venois cercher : qu'en avez-vous à faire ?
Du Balais.
Il ne faut pas pourtant irriter ta colere,
Ie vaux bien Brife-fer, & peut-eftre vn peu plus,
Que veut dire cecy ? Depuis quand ce refus ?
N'ay-je plus bonne mine ?
Dorothée.
Vous eftes trop fecret.
Du Balais.
Que ferons-nous de toy ? Ne fais pas tant la fine,
Brife-fer tout bas.
Voicy l'homme difcret.
Dorothée.
Vous eftes trop flatteur pour ne diffimuler,
Et je ne le connois qu'à voftre feul parler.   (dre.
Vous promettez tousjours;mais l'on peut bien atten-
Ie ne veux plus de vous : allez-vous faire pendre.
Du Balais.
Ce reproche eft galant pour t'avoir oublié,
Mais cela ne doit pas feparer l'amitié,
Ie fens pour toy tousjours vne mefme tendreffe,
Prend ce petit anneau pour finir ma promeffe.

B

Dorothée.

Ie n'oferois , Monfieur.

Du Balais.

L'eftimes-tu pour toy de trop grande valeur ?
Ou tu ne le veux pas venant de ma perfonne ?
Prend , il n'y a rien de mieux acquis que ce qu'on

Dorothée.   (donne,

Ie vous fuis redevable aprés tant de bonté,
Cela merite bien d'eftre vn peu mieux traitté.

Du Balais.

Ie connois ton humeur, & ton efprit me plait;
Car tu t'en fais donner, tout le monde le fçait :
Ce meftier eft fort bon pourveu qu'on continuë.
On gagne d'avantage à fe rendre connuë.
Mais brifons ce difcours, quãd pourrós-nous te voir

Dorothée.

Vous croyez qu'au logis tout foit à mon pouvoir;
Ie ne l'affeure pas : je vous dis bien peut-eftre.

Du Balais.

Il m'en faut affeurer.

Dorothée.

Vous fçavez que défja vous en eftes le maiftre.

Du Balais.

Quoy faire pour entrer ?

Dorothée.

Ne parlez pas fi haut, la porte fera ouverte.

Du Balais.

On ne nous entend pas.

Dorothée.

Ie m'enfuis tout à l'heure, ou bien parlez plus bas,
Car je tremble de peur de n'eftre découverte.
Mon malheur feroit grand fi je n'avois l'efprit
De fçavoir ménager mon negoce fans bruit.
Il m'en faut vifte aller, de peur qu'on ne m'attende

Voyez

Voyez-vous ce billet ? Il faut que je le rende.
Du Balais.
Ie connois ton esprit, tu ne l'ignores pas?
Dorothée.
Vous devriez par raison me mettre vn peu plus bas.
Du Balais.
Fay-moy voir ce billet, a-t-il la signature.
Dorothée.
Vous me dispenserez pour vn petit quart d'heure.
Du Balais.
Ecoute encore vn mot, cela n'est pas pressé.
Dorothée.
C'est trop me détenir, n'estes-vous pas lassé
D'avoir tant babillé ? Vous parleriez sans cesse.
Il faut que je me trouve où m'envoy' ma maistresse.
Du Balais.
Adieu donc, mon cher cœur, je m'en vay sans cóger.
Dorothée.
I'entende icy quelqu'vn, je crains quelque danger.

SCENE TROISIEME.

DOROTHEE. BRISE-FER.

Dorothée.
Voire, quelqu'vn me suit.
Brise-fer.
C'est moy, putain, c'est moy, tu t'és désja promise.
Ce fer te fera bien cesser ta paillardise.
Dorothée.   *Elle se met à genoux.*
Pardon, mon cœur, jamais je n'y retourne plus.
Brise-fer.
Tous ce pardons, pour moy, ne sont que superflus.
Pense qu'il faut mourir, ç'en est fait de ta vie.

B 2

Dorothée.

Et encore vn moment, mon cœur, je vous supplie,
Aprés avoir esté si long temps sans vous voir,
Et que je m'en allois vous donner le bon soir,
Il s'est trouvé pour moy ce mal-heureux rencontre,
Ie vous le dis sans fard, & je vous le remontre.
Ce miserable-là que j'avois veu autresfois,
Mal-gré moy m'a menée tout du long de ce bois.
Mais je vous puis jurer en bonne conscience.

Brise-fer.

Elle se mocque encor, voyez son arrogance.
Et quand cesseras-tu de vuider ce discours?
Mon bras impatient de finir tes amours,
Ne pourra plus attendre.

Dorothée tousjours à genoux, ouvre son sein.

Percez d'vn fer si dur ce sein qui m'est si tendre.
Percez-le sans regret, il a bien merité.
Vos yeux verront mon sang, non pas sans cruauté.
Achevez de finir le sujet de ma flamme.
I'arrache ce discours du profond de mon ame.
Ie mourray, Brise-fer, mais ce sera à vos pieds.
Le Ciel sera témoin de nos inimitiez.
De mon sang on verra la terre estre couverte.
Mes amours finiront au dernier de ma perte.
Pourquoy retardez-vous? Quoy dóc, avez-vous peur?
Puis que de mon trépas vous en estes l'autheur.
Poursuivez, poursuivez aujourd'huy vostre rage.
Si je meurs, je mourray du moins avec courage.

Brise-fer.

Mon bras fléchira-t-il sous le joug d'vne femme,
Mesme pour vn affront qui me perce dans l'ame?
Si je te laisse vivre, auray-je de l'honneur?
Tout le monde croira que je n'ay point de cœur.
Mon esprit balancé, ne se peut pas resoudre.

Irrité

Irrité craint encor, & n'oze pas donner
Pour ton dernier malheur, le dernier coup de foudre.
Leve-toy, malin corps, j'oze te pardonner.
Apprens que tes soûpirs s'armét contre moy-mesme.
L'amour a plus de force, & plus de stratageme.

Elle se releve.

Tes yeux ont fait ceder à ce coup de tonnerre,
Ou pluftot à ce bras qui t'alloit mettre à terre,
Qui à ce coup te vouloit dans ton sang submerger,
Et qui ne demandoit qu'à se pouvoir vanger.
Enfin dans vn moment tu me rends insensible,
Et j'oublie vn affront qui m'estoit si visible.
I'en laisse la vengeance aux Dieux pour te punir,
Qui pourront mieux que moy garder le souvenir
Car maintenant si j'ay de toy quelque memoire,
Ie me dois souvenir que tu tiens la victoire.
Mon esprit suspendu, de l'vn à l'autre bout,
A goufté de l'amer, n'ayant pas trouvé gouft.
Il a goufté ton charme, & se laissant surprendre,
Par la douceur qu'il aime, il a fallu se rendre.

Dorothée.

Puis que vous-vous rendez pour moy si favorable,
Ne dois-je pas quitter ce mal-heur qui m'accable.
Non, non, c'est me traitter avec trop de douceur.
Ie meritois de vous la premiere rigueur :
Mais vn cœur genereux, quoy qu'offencé d'vn crime,
Que la legereté nous fait voir legitime,
A assez de pouvoir à ranger son esprit,
Et assez de conduite à le souffrir sans bruit.

Brise-fer.

Ah ! que je souffre bien, & ne l'oze celer,
A celle à qui mon mal me permet de parler.
Ie connois ton humeur, tu connois ma franchise,
Ce n'est pas là la foy que tu m'avois promise,

Quand tu m'eus protesté tant de fidelité,
Sous le nom d'vn Hymen que l'on auoit traitté :
Ie croyois que ton cœur n'auoit point de partage,
Voila pourquoy je mis le mien si tost en gage.
Mais que tu m'as surpris par tes trompeurs appas !
Puis-je t'aimer encor ? Non, je ne le crois pas.
Ie renonce à mes vœus, car je te le declare.
Ie quitte ta prison, pour estre trop barbare,
Va perfide, fay voir ton amoureux dessein,
A celuy qui tantost te manioit le sein.
L'ayant auantagé d'vn baiser de ta bouche,
Le peux-tu refuser maintenant dans ta couche ?

Dorothée.

Ah ! mon cher Brise-fer, ce n'est pas mon dessein
De vous vouloir trahir, ce que tousjours j'ay crain,
Ie declare ma faute, & encor je m'estonne
D'auoir tenu discours à cette humeur friponne.
Ne croyez pas pourtant qu'asture j'y consente,
Son visage à mes yeux donnera l'épouvante.

Brise-fer.

Pourquoy donc cet anneau ? Dites-m'en le sujet.

Dorothée luy met l'anneau dans le doigt.

Il ne meritoit pas qu'on en fisse rejet,
Puis que l'occasion se presentoit à l'offre,
Et en aprés j'ay creu qu'il seroit pour vous propre.

Brise-fer.

Apprens donc vn peu mieux à te sçavoir ranger :
Car tu touches le bras qui a pensé me venger.
Ton esprit trop flatteur, impudente, effrontée.

Dorothée.

Ie sçay que vous aimez vn peu trop Dorothée,
Pour n'auoir pas voulu donner ce coup fatal,
Vous n'auiez pas dessein de luy faire du mal.

Brife-fer.

Ie pardonneray bien ton infulte aujourd'huy,
Pourveu que devant moy tu te mocques de luy.
Mais tu m'entends fort bien, faut-il que je l'explique,
Ce certain du Balais, cette bonne pratique.

Dorothée.

Nous luy ferons la piece dans le temps qui viendra,
Si vous voulez.

Brife-fer.

Sinon, je fçay qu'il te perdra.
Ie m'en doute fort bien que ce deffein eft traiftre :
Mais tu n'y devez pas, pour bien faire promettre.

Dorothée.

Ie vous declare tout, que fert de me cacher.
Il faudra feulement tacher de l'empefcher.

Brife-fer.

Le confeil en eft pris, il faut mettre bon ordre,
Nous empefcherons bien ce paillard d'en démordre.
Mais pour mieux y pourvoir, attens-moy au logis.
Regarde, fouviens-toy de ce que je te dis.
Car fi tu me fraudois, je jure en confcience,
Que mon bras n'auroit plus aucune refiftance.

Dorothée.

Ie vous le dis fans fard, affeurez-vous de moy.

Brife-fer.

Cependant je m'en vay où mon Maiftre m'envoy,
Pour donner ce billet à ta belle Maiftreffe.
Il faut que je le faffe avecque grande adreffe.

Dorothée.

I'en ay bien vn de mefme écrit au de deffus,
Que ma Maiftreffe envoy' fas doute à voftre Maiftre.

Brife-fer.

Ie croy que nous aurons efté trop pareffeux,
Ie m'en vay viftement pour luy donner ma lettre.

Va t'en donner la tienne, & fouvien-toy de moy.

Dorothée.

Croyez-le fur ma foy.

Brife-fer.

Mais la voicy venir à grands pas, il me femble.

Dorothée.

Helas ! mon Dieu, je tremble.

Brife-fer.

Cache-toy vitement.

SCENE QVATRIEME.

FLORISTE. BRISE-FER.

Florifte.

ET bien, mon brave ami, d'où viens-tu maintenât.

Brife-fer.

Ie viens de recevoir, Madame, cette lettre,
Que mon maiftre m'a dit en main propre remettre.

Florifte.

Il ne tardera pas de fe porter icy.   _Il lit la lettre._

Ie ne fuis pas de ceux, à vous dire, aprés tout,
Qui veulent de leurs cœurs vous en faire vn partage.
Ie craindrois d'en donner, ou moins, ou d'avantage,
Et de peur de manquer, je vous le donne tout.

Ton Maiftre eft obligeant, j'aime bien fon humeur.
Ie ne meritois pas de luy cette faveur,
Quoy que je ne me puiffe empefcher de luy dire,
Qu'il eft bien liberal : c'eft cela que j'admire.
Mais tous les gens biê faits n'épargnêt rien pour eux
Dans les occafions, pour eftre genereux.

Brife-fer.

Madame, vous pouvez beaucoup fur fon efprit,
Pour témoin de cela vous en avez l'écrit :
Sa generofité ne fe fçauroit pas taire,

Tout

Tout le monde le fçait : mais il aime à vous plaire,
Florifte.
Ah ! que je fuis heureufe aprés ces tendres mots.
Ce difcours ne pouvoit venir mieux à propos :
Car fon efprit me plait autant que fon courage,
Il en porte la marque aux traits de fon vifage,
Et crois-tu, Brife-fer, que dans fon entretien,
Ie me plais tellement, à ne te cacher rien,
Que je voudrois tousjours joüyr de fa prefence,
Et j'eftime beaucoup d'avoir fa connoiffance.
Brife-fer.
Vous le devez cherir, puis qu'il eft fi conftant,
Et que vous connoiffez ce qu'il eft maintenant,
Florifte.
Ie le connois affez, pour dire que je l'aime.
Que peut-il efperer d'vn amour plus extreme ?
Ie me fuis dérobé aujourd'huy pour le voir.
C'eft bien marque qu'il a fur mon efprit pouvoir,
Brife-fer.
Ie m'en vay de ce pas luy porter la nouvelle,
Il fe pourroit facher,
　　Florifte. Dequoy ?
　　　　Brife-fer.
D'avoir perdu l'occafion fi belle.
Florifte.
I'ay donné à ma fervante vn billet à porter,
Ie ne fçay ce que c'eft qui la peut arrefter.
Brife-fer.
　Pour porter à mon Maiftre ?
　　　　Florifte. 　　　　　　(eftre,
Oüy, c'eft pour luy-mefme, & je crains bien peut-
Puis qu'elle tarde tant, qu'il n'y ait quelque malheur.
Faifons mieux, Brife-fer, pour joüer au plus feur,
De ce pas va fçavoir comme va cette affaire :
　　　　　　　　C

Car je crains qu'il n'ait eu rencontre de mon pere,
Qui pourroit bien, sans doute, avoir pris ce billet,

Brise-fer.

Ie vous vay obéyr, voila ce qui me plait :
Car mon Maistre m'attend, s'il a receu la vostre,
Ou non, vous sçaurez tout, & par sa bouche propre,

SCENE CINQVIEME.

Florisse seule.

ENfin aprés avoir tant celé mon tourment,
Il faut luy declarer icy fidelement,
Quoy que mon pere veut que j'en cherisse vn autre,
Pourquoy je n'en veux point , Cloridor m'est plus
Dans cette occasion j'oublie mon devoir.   (propre
En me resouvenant de ce que je dois voir.
Il ne me manquera jamais de la conduite.
En quelques accidens que je me vis reduite,
On n'empescheroit pas, jusques mesme à la mort,
Que mon dernier soûpir ne fut pour Cloridor.
Tout m'est indifferent, hors de cette personne,
Et je le prise autant qu'vn Roy fait sa couronne.
Mes parens ne sçauroient m'empescher de l'aimer,
N'ayant pas jusqu'icy sujet de le blâmer.
Au contraire il a fait tout ce qu'il devoit faire :
Et par ses sentimens il a taché à me plaire.
Que doit-on esperer d'vn plus genereux cœur,
Qui par sa force abat, charme par sa douceur :
Qui de mes ennemis en a détruit la rage,
Par l'effort de son bras, & de son grand courage ?
Aprés tant de faveurs que j'ay receu de luy,
Qui me veut obliger à l'hayr aujourd'huy,
Sans m'appeller ingrate, & plus encor barbare ?
Ie ne le feray point, c'est ce que je declare.

SCENE

SCENE SIXIEME.

Cloridor. Floriste.

Cloridor.

FLoriſte, mon devoir m'a fait haſter le pas.

Floriſte.

Ah! vous me ſurprenez, je ne vous croyois pas
Pour moy ſi vigilant, ce qui me fait connoître,
Que lors qu'il faut ſervir, vous le faites paroître.

Cloridor.

Ie ne merite pas de vous ce ſouvenir.

Floriſte.

Par voſtre compliment, vous me voulez punir.
Vous ſçavez, Cloridor, comme quoy je vous aime,
Vous vouloir abaiſſer, c'eſt m'abaiſſer moy-meſme.

Cloridor.

S'il me faut comporter tout d'vne autre façon,
Vous pouvez commander avec grande raiſon.

Floriſte.

I'obeyray touſjours apres voſtre bonté :
Car vous eſtes tout plein de generoſité :
Ie ne pourray jamais m'empeſcher de le dire,
Aprés ce que je viens tout maintenant de lire :
C'eſt beaucoup me donner, & ne reſerver rien :
Ie merite beaucoup, en meritant ce bien.
Mais vous m'avez vaincuë, & je quitte les armes.

Cloridor.

Vous ne le pouvez pas, hors de quitter vos charmes.

Floriſte.

Vous en avez trouvé de plus avantageux,
Et vous le déguiſez, pour me le cacher mieux.

Cloridor.

Vous ſçavez.

Floriſte.

Achevez , vous avez la prudence,
Telle qu'il faut avoir, & plus que je ne penſe.

Cloridor.

Ie meurs lors que je voy qu'il faudra abandonner,
Celle qui par honneur me pourra pardonner.
I'ay de l'amour pour l'vn, j'ay de l'amour pour l'autre,
Et quoy que Cupidon & Mars ſoient differens,
L'vn dés ce meſme inſtant me fait eſtre tout voſtre,
Et l'autre me dit lache, & puis je me reprens.

Floriſte.

Ce que je ne croy pas : vous faites trop d'eſtime
De celle qui vous a creu touſjours magnanime.
Vous avez trop d'eſprit pour manquer en ce poinct,
Et quoy que vous diſiez, je ne le croiray point.
Achevez, achevez, ce diſcours eſt pour rire.
Lors que cela ſeroit, vous n'oſeriez le dire.
Enfin quoy qu'il en ſoit, par vn commun accord,
Ie vous ſuivray par tout juſques meſme à la mort.
Vous ſçavez déſja bien que je vous ſuis acquiſe,
Et que s'il faut marcher.

Cloridor.

C'eſtoit mon entrepriſe.
I'apprehendois ſi fort, que preſt pour vous quitter,
Ie tremblois, & la peur qui m'a fait arreſter.

Floriſte.

Dequoy ?

Cloridor.

D'eſtre privé : mon deſſein veut pourſuivre.

Floriſte.

S'il ne tient qu'à cela, je vay par tout vous ſuivre.

Cloridor.

Puis que vous le voulez, j'en ſuis plus que contant,
Car je vous veux ſervir comme vn parfait amant.

Ie

Ie retarderay bien trois jours de mon voyage :
Si je pouvois, pour vous j'en ferois d'avantage.
Mais j'apperçoy quelqu'vn.

SCENE SEPTIEME.

De Loselet. Floriste. Cloridor.

De Lofelet.

MAdame, voftre pere   (fere
Vous fait cercher par tout, il eft bien en co-

Florifte.

C'eft affez, Cloridor, je connois voftre humeur,
Et je lis à vos yeux que vous avez du cœur.
Ie vous laiffe pourtant, penfez à vos affaires,
Et cerchez les moyens qui feront neceffaires.

Cloridor feul.

Mon efprit baraffé dans cette occafion,
Rallume vn feu plus grand que fait ma paffion.
L'affaire eft dangereufe, & de mauvaife fuite,
Cecy depend pour moy d'vne grande conduite :
Mais c'eft trop y penfer, vn efprit rêveur,
Pour marcher fi profond, eft lache, ou fuborneur.

ACTE II.

SCENE PREMIERE.

Dorothee. Brise-fer.

Brife-fer.

ENfin voicy le temps de l'affignation,
Que je dois éclatter avecque paffion :
Et que dans cet eftat je dois faire parêtre,
Que fi l'on me connoit, l'on pourra me connêtre :
Quand je devrois perir par vn bras invincible,

Ie ne ferois qu'eſteindre vn affront ſi ſenſible,
Et je ſuppoſe encor, que touché du bon-heur,
I'emporte le laurier dont je ſeray vainqueur,
Ma perſonne en cecy n'eſt qu'à demi vengée,
Il me faudroit laver du ſang de Dorothée.

Dorothée.

Tout beau, tout beau, c'eſt trop, moderez la chaleur
De voſtre eſprit boüillant, avec plus de douceur,
Appellez-vousvainqueur que de vaincre vne femme
Cette parole-la merite qu'on vous blâme ;
Et c'eſt eſtre genereux de donner le trépas,
A celle qui vous aime, & ne ſe defend pas ?
Par ma foy, s'il falloit tousjours ainſi combattre,
Vous ne manqueriez pas par tout de tout abatre,
Vous eſtes fort vaillant, à ce que je puis voir,
Vous ſoûmettrez bien toſt tout à voſtre pouvoir.

Briſe-fer.

Ah ! ne me raillez pas, je ſçay comme il faut vivre,
Crains encor le revers du coup qui te peut ſuivre,
Mon eſprit ſans repos demande à ſe venger.
Il faut le contenter, pour le pouvoir changer.
Tout m'eſt indifferent aprés ce coup funeſte,
I'en viendray bien à bout, & je te le proteſte.
Qu'il viene ſeulement railler avecque toy,
Tu le verras bien toſt rangé deſſous ma loy :
Peut-eſtre cet anneau luy coutera la vie :
S'il ne trompe aujourd'huy ma genereuſe envie,
Ie ſuis bien aſſeuré qu'il n'y manquera pas :
Mais il perdra le jour pour tes trompeurs appas.

Dorothée.

Il eſt à redouter, à ce qu'on fait entendre.
Penſez pour ne me perdre, à vous fort bien defendre :
Car s'il a le deſſus, il n'y a point de quartier,
Ni pour moy, ni pour vous : il frappe volontier.

Il en auroit raison le traittant de la sorte.
Vous avez seulement à garder bien la porte.

Brise-fer.

Ie feray mon devoir, & je te le promets,
Qu'il n'aura plus dessein de te voir desormais :
Et je ménageray dans ce lieu mon affaire,
Qu'on ne sçauroit trouver moyen de m'en distraire.
Crois-tu bien que je craigne vn homme comme luy?
S'il s'estime bourgeois, j'ay le titre aujourd'huy
De soldat, qui vaut plus, dans le siecle où nous sômes,
Et qui traitté d'égal avec les Gentilshommes.
Pour moy, j'estime mieux cette condition,
Puis que mon bras a fait cette acquisition.
Il sçaura bien encor se rendre redoutable,
Et accabler le mal aujourd'huy qui m'accable.

Dorothée.

La prudence fait voir dans cette occasion,
Qu'il faut avoir le cœur, non la condition.
Vous entreprenez bien vn dangereux affaire,
Attendre vn homme au pas, c'est estre temeraire,
N'avez-vous point de peur, tout vous est dangereux?
Vous-vous precipitez, consultez vn peu mieux.
A vous dire tout net, je n'ay pas bonne augure
Pour ce rencontre icy, quoy que je vous asseure
De ma fidelité, comme de mon pouvoir,
Et vous le connoissez, à ce que je peux voir.

Brise-fer.

Ie voy que ton esprit de temps en temps se change.
C'est me traitter enfin d'vne façon estrange :
Ie connoy ton humeur, à te dire aprés tout,
De ce commencement, crains-en encor le bout,
(Tous ces discours fardez qu'elle a de sa nature,
Ne me convienent pas, si l'on ne m'en asseure.
Pour mieux m'en asseurer, il faut l'interroger,

Si d'attaquer cet homme il n'y a point de danger,
Di-moy, connois-tu bien ce certain perſonnage?
Eſt-il adroit ſur tout ? A-t-il bien du courage ?
Pourray-je meſurer mon épée avec luy,
Sans me mettre en danger de perir aujourd'huy?

Dorothée.

S'il faut le declarer, j'en crains encor la ſuite;
Enfin cela depend d'vne grande conduite.

Briſe-fer.

Parlez-moy ſans farder, ne connois-tu rien plus?
Ne m'amuſe pas tant en diſcours ſuperflus.

Dorothée.

Pour ne vous rien celer, il faut que je vous dies,
Qu'il eſt vaillant en tout; qu'il hazarde ſa vie :
Car il s'expoſe aux coups plus ferme qu'vn rocher,
L'hazard en eſt bien grand quand on le peut toucher,
Son naturel eſt prompt, ne veut point de repliquer
Il tuë franchement vn homme qui le pique.
Il ne veut rien ſouffrir des grands, ni des petits :
Voila donc le ragout de tous ſes appetits.
Conſiderez vn peu, ſi l'on ſe peut defendre :
Pour moy, je ne ſçaurois de quel coſté le prendre,
Lors qu'il eſt furieux, il vaincroit vn Lyon,
Et perſonne ne peut dompter ſa paſſion.
Vous hazarder ainſi, c'eſt eſtre temeraire :
Vous ne le ferez pas, ſi vous me voulez craire.

Briſe-fer.

Ces diſcours ambigus ne me font point de peur,
Puis qu'ils ſont déguiſez ſous vne autre couleur.
Mais tout cela n'eſt rien, pourſuis-en d'avantage.

Dorothée.

Tout vous denote enfin vn fort mauvais preſage,
Et ſi vous me croyez, pour le plus ſeur moyen,
De pacifier tout, vivre en homme de bien.

Briſe

Brife-fer.

O qu'elle fçait bien faire à prefent l'hypocrite !
Ne la prendriez-vous pas pour vne fainĉte Hermite?
Di-moy fans rien cacher, qui t'en a tant appris ?
Tu cours vn grand hazard de remporter le prix :
Mais pour cela pas moins, il faudra s'y refoudre.

Dorothée. (dre;

Et bien quand je fçaurois qu'on me mettroit en pou;
Qu'il fut ou ma Maiftreffe, ou pluftot du Balais,
Ma foy, dans ce peril ne vous laiïra jamais :
Et comme de tout temps elle vous eft promife,
Ma perfonne par tout vous fera toute acquife.
L'heure s'approche bien de l'amoureux deduir,
Ma Maiftreffe eft au jeu, ne faifons point de bruit;
Cependant je m'en vay donner ordre aux affaires
Qu'elle m'a commandé, qui font bien neceffaires.
Dans vne heure d'icy trouvez-vous au logis.

SCENE SECONDE.

Brife-fer feul.

IE te fuivray bien toft pour eftre au temps précis.
En vain, c'eft trop fouffrir, n'ay-je pas du courage?
Pourveu qu'on ne me prene avecque l'avantage,
Ie foûtiendray tousjours pour eftre fatisfait.
Ie fçay foûmettre à moy celuy-là qui me plait.
Et qui feul pourra bien refifter à ma force,
Sans reffentir l'effet d'vne terrible amorce ?
Qui fera ce Demon arraché de l'enfer,
Qui n'aura point de peur auprés de Brife-fer ?
Mon bras, raffeurez-vous, pour mettre tout en pieces;
Et de nouveau, mon cœur, enflez-vous d'hardieffe.
Aprés avoir fouffert tant de coups fur mon dos,
Au milieu des combats, fans demander repos,

D

Ie flechirois ? Non, non, ma genereuse envie
Veut recouvrer l'honneur, au dépens de ma vie.

SCENE TROISIEME.

Dv Balais, Brise-fer. Dorothee.

Brise-fer s'en va pour entrer.

Du Balais. ARreste.

Brise-fer. Qu'est-ce que j'entends donc ?

Du Balais. C'est moy : me connois-tu ?

Brise-fer. Ie vous jure, que non.

Du Balais. Que viens-tu faire icy ?

Brise-fer. Ie suis dedans ma poste.

Du Balais.

Cela n'est pas mon compte, & à ce que je vois.

Brise-fer.

Peut-estre vous sçavez, que qui compte sans l'hoste,
Pourroit compter deux fois.

Du Balais.

Ozes-tu bien, maraud, m'offencer de la sorte ?

Brise-fer.

Que m'importe.

Du Balais.

Ie te feray bien tost ranger dans le devoir,
Et je croy que tu sçais que j'en ay le pouvoir.

Brise-fer. La place est prise.

Du Balais. I'ay peur d'vn entreprise.

Brise-fer. Adieu, je ne puis m'arrester.

Du Balais.

Il me sera permis, quand tu devrois pester,
De te suivre par tout, pour avoir cette entrée.
Ie suis bien comme toy, l'aimé de Dorothée.
I'en ay payé ma part.

Brise

Brife-fer entre dans la maifon de Dorothée, & luy
ferme la porte au nez.

O vous n'entrerez point.
Hormis que d'enfoncer la porte à coups de poing.

Du Balais.

L'affront que tu me fais, va bien caufer ta perte.

Dorothée à la feneftre.

O la grand peur que j'ay de n'eftre découverte.

Du Balais à Dorothée.

Tu me la payeras.

Dorothée.

C'eft en vain, du Balais; car je ne vous crain pas.

Brife-fer à la feneftre.

Vous eftes importun, le voulez-vous entendre?

Du Balais.

Tu le portes bien haut pour vn valet de chambre.
Et n'as-tu point de peur, camarade des fots,
Que les coups de bafton ne marche fur ton dos?
Le meilleur moyen eft de me venir ouvrir.

Brife-fer defcend met l'épée à la main.

En vain, c'eft trop fouffrir.

Dorothée.

Au fecours, qu'on fe tuë.

SCENE QVATRIEME.

FLORISTE.DOROTHEE.DVBALAIS.BRISE-FER.

Florifte avec vn Laquais, il appelle fa fervante.

ON fe bat au devant ma maifon,
Dorothée.

Dorothée fort.

Madame, de la fefte j'en fuë.
Et à vous parler net, j'en ay grande raifon.

Floriste.

Pourquoy donc ce defordre ?

Dorothée.

Du Balais, Brife-fer, ont fujet d'en démordre.

Floriste.

Cecy ne provient rien que pour l'amour de toy,
Tu te fais courtifer.

Dorothée.

Ah ! non pas, par ma foy.

Floriste va les empefcher, & fe met au milieu.

Allons les feparer au devant de ma porte.
Brife-fer, qu'eft cecy : c'eft le refpect qu'on porte
A Florifte aujourd'huy ?
Du Balais. Ie me mocquois de luy.
Floriste. C'eft à tort, du Balais, que vous.
Brife-fer. Ie le veux.
Florifte à Brife-fer. Que quelqu'vn branle.
Dorothée. Madame, encor j'en tremble,

Du Balais.

Tu trembles, c'eft encor avec jufte raifon,
Tygreffe, tu connois que c'eft ta trahifon
Qui caufe tout cecy : mais n'as-tu point de honte ?
Ou n'as-tu point de peur qu'vn jour je ne te dompte?
Perfide, deloyale, ou Demon infernal,
Que la pefte te tuë : & pour vn plus grand mal,
Puis que de tout mon cœur je le dis de la forte,
Ie fouhaite encor plus, que le Diable t'emporte.
Ne fe contenter pas de me vouloir dupper,
Encor cercher moyen de me faire attraper
Par vn couppe-jarret, eft-ce vne perfidie,
Ou non ? Voulois-tu bien m'ofter encor la vie ?
Celuy qui n'a cerché qu'à pouvoir t'obliger,
Ingrate, l'expofer au milieu du danger ?
Ma foy, je pouvois bien vivre dans l'efperance,

Aprés

Aprés m'avoir traitté de cette recompence :
Puis qu'vn torche-foulier eft preferable à moy,
Peut-eftre que ce rang eft d'vn plus noble employ.

Brife-fer.

O que je patiente !
Ie n'agrée pas trop voftre humeur infolente.

Du Balais.

Tu me répons fort mal.

Brife-fer.

I'ay coûtume à parler d'vn fens tousjours égal.

Florifte,

C'eft à toy, Brife-fer, à raconter l'affaire,
Ie t'en prie de grace, & fi tu veux me plaire :
Et cependant.

Du Balais.

Madame, c'eft à tort, excufez, s'il vous plait,
Donner tant d'avantage à vn mauvais valet.
Vous fçavez que l'amour donne beaucoup de peins,
Il faut que je dégorge la poifon qui l'amene.

Brife-fer.

Vous ne le direz pas.

Du Balais.

Pour vn maigre fujet, evite ton trépas.

Brife-fer.

Quand j'en devrois mourir, il faut que je le die,
Ie n'ay pas peur icy que vous m'oftiez la vie.

Du Balais.

Et tu n'en feras rien.

Brife-fer.

Croyez-vous de paffer pour vn homme de bien :
Que vous-vous trompez fort; car vous avez la mine,
Et l'adreffe auffi bien de dupper la plus fine.
Mais vous-vous pafferez, Monfieur, pour cette fois.
Voftre Nobleffe peut pour vn plus noble chois,

Pourvoir tandis ailleurs.

Floriste.

Vous sçavez, Brise-fer, que je hay les railleurs:

Du Balais.

Madame, c'est pour vous qu'on souffre de la sorte.

Brise-fer.

Que m'importe.

Floriste.

Ne m'amusez pas donc en discours superflus.
Racontez-moy l'affaire, ou ne m'en parle plus.

Brise-fer.

Puis que vous demandez recit de cet histoire,
Ie vous vay.

Du Balais.

Garde, & si tu veux me croire.

Brise-fer.

Ie la veux raconter,
Mesme quand je sçaurois que vous devriez pester.

Du Balais.

Tu ne le feras pas.

Brise-fer.

Ie le feray pluſtot que de paroître lache.

Dorothée tout bas.

I'ay peur que cette affaire aujourd'huy ne se sçache.

Floriste.

De vous mettre d'accord. j'ay trouvé le moyen,
Pour contenter tout deux, que vous n'en direz rien.

Brise-fer.

C'est pour eſtre plus court, j'en voy bien l'apparence,
Que vous voulez si toſt imposer le silence.

Floriste.

Dorothée, parlez, je voy que ce sujet
Merite pas enfin qu'on en faſſe rejet.

Doro

Dorothée.

Madame, il eſt fort clair, puis que cette perſonne
Me veut forcer d'aimer, c'eſt tout ce qui m'eſtonne.
Il eſt fort importun : je le voudroy bien voir
A cent lieuës d'icy, s'il fut en mon pouvoir.
Vous connoiſſez fort bien qu'il eſt hors d'apparence,
Pour moy, je vous le dis en bonne conſcience,
Ie ne veux plus ſouffrir maintenant ſon humeur.
I'ay ſouffert autresfois, qu'il me diſoit, mon cœur,
Comme te portes-tu ? Que faut-il que je faſſe ?
Que ſes diſcours avoiët pour le moins quelque grace:
Maintenant que je voy qu'il fait tout au rebours,
Et que ſa ſotte humeur perſecute tousjours
Son eſprit violant, & que de cent injures
Qu'il crache contre moy, ſont autant d'impoſtures,
Ie ne veux plus l'aimer : n'ay-je pas bien raiſon ?

Du Balais.

Tu ne racontes pas ſi c'eſt ta trahiſon
Qui cauſe tout cecy, chiene, peſte, Megere :
Va, leve-toy devant l'effort de ma colere.

Floriſte.

Monſieur, vous querellez devant moy ma ſervante ?
Croyez-vous de venir au bout de voſtre attente ?
Croyez-vous pour aimer qu'il vous faut quereller
Celle qui veut oüyr plus ſagement parler ?
Pretendez-vous par là vous rendre redoutable ?
Ie trouve que cela n'eſt pas trop agreable.
Ayant vn autre amant qu'il aime mieux que vous,
Voulez-vous la priver aujourd'huy de ſes gouts ?
Conſiderez donc mieux, mettez-vous à ſa place :
Car vous n'entendez rien. Permettez-moy, de grace,
Que je diſe cela, pour vous mieux perſuader,
Qu'en affaire d'amour, il faut ſçavoir plaider.
Si vous avez d'eſprit, c'eſt ſçavoir mal ſon conte.

Pour moy, je n'en ay point : mais je mourois de
Si je croyois avoir cõmis ce manquement.   (honte,
Ce n'eſt pas là l'effet d'vn veritable amant :
En aprés c'eſt à moy que vous faites l'offence,
M'eſtimez-vous ſi ſotte aprés cette arrogance,
Que je n'aye l'eſprit de m'en ſçavoir venger ?
Ie vous apprendray bien à me deſobliger.
Apprenez, apprenez vn peu mieux le devoir,
Qu'il faut que vous rendiez à ceux de mon pouvoir,

SCENE CINQVIEME.

CLORIDOR. FLORISTE. DV BALAIS. BRISEFER.

Cloridor.

VOire donc, qu'eſt cecy ? Vous eſtes en colere ?
Ie ſuis venu d'vn pas plus que de l'ordinaire.

Floriſte.

Vous ſçaurez que Monſieur aime fort ma ſervante,
Il ne peut pas venir au bout de ſon attente.
Elle ne l'aime pas : que peut-il eſperer
D'vn coup ſi dangereux, qu'on ne peut point parer ?
Peut-on forcer d'aimer ? Ie ne puis pas comprendre,
Hors d'allumer ce feu qui meurt deſſous la cendre.
Il le pouvoit bien faire en changeant ſon humeur :
Mais puis qu'il eſt du tout privé de ce bon-heur,
Il faut cercher parti, tacher que l'on nous aime,
D'vne condition quelle égale à nous-meſme.

Cloridor.

Vous ne dites pas tout.

Du Balais.

Que je diſe le reſte :
De me taire ſi toſt, c'eſt alors que je peſte.

Floriſte.

Que direz-vous de plus ? voyons-le, s'il vous plaiſt,

Que

Que vous-vous querelliez avecque ce valet.

Cloridor.

Ah ! Monfieur du Balais, accordons cette affaire :
Nous aurons bien moyen de pouvoir fatisfaire
Voftre efprit offencé.

Brife-fer.

Il fera fon ami, je l'avois bien penfé.

Du Balais.

Ce maraud de valet, l'autheur de ce defordre,
Avoit bien grande envie à ce coup d'en demordre?

Cloridor.

Qu'entends-je de nouveau, que veut dire cecy ?
Brife-fer, &.

Brife-fer.

Monfieur, je vous crie merci.
Vous fçavez que depuis que j'aime Dorothée,
Sous le nom d'vn Hymen, qui charge ma penfée,
Ie n'y ay jamais pû voir des galands à l'entour :
Enfin vous fçavez bien ce que c'eft de l'amour.

Cloridor.

Mais tu ne penfes pas; car ton ame eft trop baffe,
Qu'il te fait dans vn rien, vne fort grande grace,
D'anoblir ton amour, & que veux-tu de plus ?
Cela merite pas qu'on en faffe refus.
Ce titre peut bien toft faire enfler ton courage.
Croy-moy, tu ne peux pas afpirer d'avantage.

Brife-fer.

Monfieur, augmentez-moy de mes gages l'argent,
Et je vous vay ceder cet anobliffement.

Du Balais.

Ie fçay comme en vfer, pour en avoir vengeance.

E

SCENE SIXIEME.

CLORIDOR. BRISE-FER. FLORISTE.

Cloridor.

CEt homme fait bien voir encor son innocence.
Ie n'avois jamais veu.
Brise-fer. Que la peste le fou :
　　　Il croyoit d'en taster; mais.
Cloridor. Ie te croy bien fou.
Qui cause tout cecy, n'est-ce point la débauche ?
Ie te voy balancer, autant à droit qu'à gauche.
Pren garde à tout le moins de te laisser tomber.

Brise-fer.

Ce sont de complimens de la place Mauber.

Floriste tout bas.

C'est vn brave valet, s'il y en a en France :
Nous en avons besoin, vsons de patience :
Car vous n'ignorez pas qu'il aime estre flatté.
Ie connoy cet esprit tout plein de vanité.

Brise-fer.

A ce que je puis voir, Madame me caresse.
Ie vay avoir bien tost de lettres de Noblesse,
Comme mon Maistre a dit.

Cloridor.

Ou je meure à ce coup, s'il n'a beaucoup d'esprit.
Qu'en dites-vous, Floriste ?
Pouvez-vous bien ceder au coup qui vous resiste ?

Floriste.

Non, je vous le promets.
Il merite que vous ne l'oubliez jamais.
Il a de qualitez qui sont bien remarquables,
Ne vous estonnez pas, si elles me sont aimables.

SCEN

SCENE SEPTIEME.

DE LOSELET. FLORISTE.

De Loselet.

MAdame, venez donc, pour vous aller cercher,
Voſtre pere m'a fait tout aujourd'huy marcher.
Au reſte, je veux bien vous faire de prieres,
Ie viens de recevoir pour vous des eſtrivieres.

Floriſte.

Peut-eſtre mon mal-heur ſe laſſera bien toſt.
Cloridor, je ne puis vous dire plus vn mot.
Mais penſez bien en moy.

SCENE HVICTIEME.

CLORIDOR. BRISE-FER.

Cloridor.

BRiſe-fer, je voudrois éclaircir ma penſée,
Comme tu te crois bien aimé de Dorothée.
Entens-tu quelque choſe en matiere d'amour.

Briſe-fer.

Ie ſuis le plus expert pour vn homme de Cour.

Cloridor.

Mais pour cela pas moins, je ſçay qui te doit vendre.
Regarde aprés cela ſur quoy peux-tu pretendre :
Ie connois la perſonne, elle me l'avoüé.

Briſe-fer.

Perſonne m'a vendu, je ſuis désja loüé
Pour Monſieur Cloridor, ou pour voſtre ſervice.
Ne croyez pas pourtant que je ſois vn novice.

Cloridor.

Ton eſprit me plait fort, à ce que je puis voir :
Mais ſi tu deſirois me ſervir.

Brife-fer.　　l'ay pouvoir.

I'entens ce patricot, qu'eſt-ce qu'il faudra faire ?
Ie ſuis bien touſjours preſt à vouloir ſatisfaire
Les gens de voſtre ſorte, autant que mon eſprit
Pourra fournir pour vous, de ce que l'on m'apprit.
Que ſi vous m'employez, mille tours de ſoupleſſe
Vous pourrôt faire voir que j'ay beaucoup d'adreſſe.

Cloridor.

Ferois-tu bien cela ?

Brife-fer.

Si je le feray bien ? Tout comme vous voila :
Vous n'avez ſeulement que commander, & dire
L'affaire tout au net. Si je ne vous fay rire
De la belle façon, je veux eſtre pendu.
Permettez qu'en cecy je vous aye entendu.

Cloridor.

Tu ſçauras qu'aprés tout j'amene ma Maiſtreſſe.

Brife-fer.

Vous eſtes, je voy bien, vn homme de promeſſe.
Ie ſçay qu'elle a pour vous vne grande amitié,
Vous ſçavez plus que moy, voire de la moitié.
Et la ſervante ?

Cloridor.　Auffi.

Brife-fer.

Et la ſervante encor : ah ! non pas, s'il vous plait :
Ce morceau delicat appartient au valet.

Cloridor.

Ie voulois dire encor, que comme Dorothée
Sera dans ſa maiſon, tu verras comme quoy.

Brife-fer.

Vous avez fort bien fait d'éclaircir ma penſée :
Auffi vous ne ſçauriez pas rien faire ſans moy.

Cloridor.

Allons cependant faire vn tour de promenade.

Brife

Brife-fer.

En attendant le temps que nous battrons l'eftrade.

ACTE III.

SCENE PREMIERE.

FLORISTE, DOROTHÉE,

Florifte.

Nfin, c'eft trop fouffrir, il faut fe declarer,
Et il s'approche vn coup que je ne puis parer.
Tu connois mieux mon mal que je ne fay
    moy-mefme,
Puis que tu fçais fort bien depuis le téps que j'aime,
Mon efprit engagé ne peut plus refifter,
Si Cloridor ne vient vite pour l'affifter.

Dorothée.

Vous l'aimez bien, Madame.

Florifte.

Oüy, je l'aime bien, & ma fecrete flamme,
Se veut communiquer à toy pour ce fujet,
Et ne merite pas qu'on en faffe rejet.

Dorothée.

C'eft à tort, c'eft à tort, vous m'impofez vn crime
D'y penfer, le fujet eftant fi legitime.
Et fi je pouvois eftre en part de ce bon-heur,
le voudrois ceder tout au prix de cet honneur.
En aprés pour dupper ce fantafque de pere,
Qui jaloux de foy-mefme, il vous tient folitaire :
En depit qu'il en eut, l'on me feroit la cour :
l'aurois fans qu'il fçeut rien, des galands à l'entour.
Pouvez-vous efperer finon que d'avantage ?
Que vous fert-il pour luy de faire tant la fage ?
Croyez-moy maintenât, dónez-vous du beau temps.

Vne fille tousjours doit avoir des amans :
Et puis de voftre rang, dans la fleur de voftre âge,
Désja vous devriez eftre aux liens du mariage.
Pourroit-on bien trouver de plus riches que vous,
Et puis que Cloridor veut eftre voftre époux,
N'eft-il pas fans mépris, digne de ce merite,
Pour vn homme d'efprit, & de grande conduite ?
Vous agrée-t-il pas ? Il n'en faut pas douter;
Car il eft trop bien fait pour ne vous contenter;
Pour moy qui ne fuis rien qu'vne povre fervante,
Ie tâche bien d'avoir celuy qui me contente.

Florifte.

Ta raifon me plait fort : mais je crains l'advenir,
Et mes fens font troublez par ce feul fouvenir.
Ie tremble, Dorothée, & je ne l'ôze dire :
Le merite en eft grand, pource que je foûpire.
Le tourment que je fouffre, eft de mefme en effet.
Rien ne peut rendre icy mon efprit fatisfait :
Car depuis l'avoir veu fur le bord d'vn rivage,
Mes fens furent charmez, fans dire d'avantage.
Il foûpiroit alors, mais voyant à fes yeux
Qu'il aimoit, j'approcha pour le connoître mieux,
De l'inftant tout troublé, fit trois pas en arriere :
Il alloit tout d'abord fauter dans la riviere,
Ce qu'il executoit, s'il n'eut eu mon fecours.
C'eft ce qui fut la caufe aprés de nos amours.
Mon bras qui le toucha, fit pour lors vn miracle,
Et mes yeux evitarent vn cruel fpectacle.
Ce feu qui l'animoit, fut fuffoqué d'abord,
Et d'vn amour nouvelle, il évita la mort.
Son efprit donc remis dans fa premiere place,
Témoignoit d'avoir eu quelque grande difgrace.
Ie demanda pour lors l'effet de fon mal-heur,
D'où pouvoit provenir vne fi trifte humeur.

Mad

Madame, me dit-il, ma douleur eſt extreme,
C'eſt que je n'oze pas vous dire quelle j'aime.
Alors il éclatta contre ce povre objet
Qu'il avoit delaiſſé, ſans luy donner ſujet :
Qu'on ne doit pas traitter vne ame genereuſe
Pour rien ſi rudement, hormis qu'on en abuſe.
De ces diſcours ſurpriſe, & tous mes ſens charmez,
Me firent prononcer : Qu'eſt-ce que vous aimez ?
Ces paroles eſtant auſſi toſt agreables
A cet eſprit, pour moy furent ſi favorables,
Qu'il m'appella, ſon cœur, me prenant par la main :
Et me dit, Ie vous veux declarer mon deſſein.
Nous avançons tous deux d'vn pas à l'ordinaire :
Il témoigna m'aimer, pour tacher à me plaire.
Mais comme il m'avoit dit, que ſon affection
Eſtoit fondé ailleurs : toute la paſſion
Qui pouvoit m'animer, c'eſtoit de le refoudre,
Et du bruit de tonnerre, en eviter la foudre.
Aprés avoir ouvert ainſi quelques diſcours,
Et qu'il m'eut dirigé le pas de ſes amours :
Sa bonté le porta de me vouloir conduire,
Tant rempli de vertu que je voyoy reluire
Dans ſes yeux, qui charmerent auſſi toſt mes eſprits,
Et qui me firent voir la valeur de ſon prix.

Dorothée.

S'il vous faut raconter mes amours de la ſorte,
Le nombre en eſt ſi grand, qu'il faut fermer la porte.
Car tout le monde m'aime, & perſonne m'accuſe
D'avoir dit ſeulement, c'eſt toy que je refuſe.
Ceux qui vienent me voir, ſont le tres-bien venus,
Et dans ma bonne grace auſſi toſt devenus.
Mon cœur autât pour l'vn que pour l'autre a partage :
Iamais je ne le donne, hors de le mettre en gage.
Mes diſcours ſont fardez pour celuy qui me plait.

Et je trouve qu'ainfi perfonne me déplaît,
J'agrée mon humeur, jamais je ne foûpire.
J'aime jufqu'à la mott, de tousjours chanter, rire.
Que fert de foûpirer, barraffer fon efprit,
Si vous n'avez pas eu d'vn amant fon écrit :
S'il demeure vn peu trop, s'il vous fait trop attendre?
De tous ces difcours-là, je n'en veux plus entendre.
Voila pourquoy, Madame, épargnez tous ces pleurs,
Epandez à propos ces témoins de mal-heurs.
Ne fçavez-vous pas bien que vous eftes aimée?
Cette perfonne encor, n'eft-elle pas preuvée?
Laiffez-moy ces foûpirs, fondez-vous au prefent,
De loger voftre efprit dans le contentement.
Ce fera mieux pour vous dans vn fi bon rencontre,
Mais qui vient pas à pas fi toft nous interrompre.
Il me femble à prefent que je le connois bien.

SCENE SECONDE.

De Loselet. Floristé. Dorothee.

De Loselet.

MAdame, excufez-moy, fi dans cet entretien,
Ie romps voftre difcours : mais puis que cecy
Me dóner liberté, cóme eftant ma Maiftreffe, (preffe.
De commettre à prefent cette incivilité :
Vous excuferez bien cette temerité.

Florifte. Pourfuis.

De Loselet.

Le monde va voir partir voftre pere,
Il faut croire qu'il eft au Roy bien neceffaire,
Car ce depart fi prompt, me doit faire juger,
Que ces peuples mutins veulent s'avantager.

Florifte.

Tes deffeins font rompus, mal-heureufe Florifte,

Et

Et il faudra ceder à ce qui te refifte.

Dorothée.

Mais vn cœur genereux pour rien faut-il qu'il cede,
Les moyens font tres-gráds pour trouver du remede.

Florifte.

Ah ! vous ne penetrez que l'effet du prefent :
Ie fonge à l'advenir, qui m'eft plus important :
Car vous fçavez fort bien qu'vn General d'armée,
Ne doit pas dans vn rien perdre fa renommée.
Que fi mon pere fuit, il faut abandonner
Celuy qui par honneur je pourray pardonner.

Dorothée.

Vous me furprenez bien aprés ces tendres mots,
Quoy que ce que j'ay dit eftoit hors de propos,
Ie parle franchement, je ne fuis pas credule,
Ce qu'a dit voftre Page eft du tout ridicule.

De Lofelet.

Que vous le vouliez croire, ou ne le croire pas,
Pour advertir tout deux, je n'ay pas plaint mes pas,
Madame, vous devez pourvoir à ces affaires,
Puis qu'elles vous appellent, elles font neceffaires.

Florifte.

C'eft à tort maintenant, il n'en faut plus parler,
Le fort en eft jette, s'il faut le declarer.
Mais c'eft trop s'amufer pour plaire à ma pareffe,
Mon efprit trop flatteur, tu vois que cecy preffe.
Allons fans plus tarder, & nous apprendrons mieux,
S'il dit la verité, du témoin de nos yeux.

SCENE TROISIEME.

CLORIDOR. BRISE-FER. FLORISTE.

Cloridor.   BRife-fer.
Brife-fer.   B Monfieur, la voila donc,

F

Cloridor. Si faut-il s'y refoudre,
Quand je fçaurois pour vous d'eſtre reduit en poudre.

Floriſte. Ah ! vous me ſurprenez.

Cloridor. D'où vienent ces froideurs ?

Floriſte.

Mon eſprit, O mon cher ! eſtoit occupe ailleurs,
Et je vous promets bien, que mon ame troublée
Pour vous, eſtoit alors juſques dans la mêlée.
Ie penſois de vous voir au milieu du combat.

Cloridor.

Vous faites à preſent de moy trop peu d'eſtat.
Quoy ? ſeroit-ce là foy que je vous ay promiſe.
Ma vie dés long temps vous eſt par tout acquiſe,
Et l'hazarderois-je pour autre que pour vous ?
Que ſi cela arrivoit, j'embraſſerois les coups.

Floriſte.

Vous voulez déguiſer d'vne humeur agreable,
Ce qui, pleut-il aux Dieux, ne fut pas veritable.
Quelqu'vn empeſche icy de dire le deſſein
Que vous avez dans l'ame, & qui m'eſt trop certain.

Cloridor.

Que veut dire ce Page ?

Floriſte.

C'eſt vn témoin pour moy d'vn fort triſte meſſage.

Cloridor. Faites-le retirer.

Floriſte. Page, va de ce pas,
T'aſſeurer de l'affaire, & ne retarde pas.

SCENE QVATRIEME.

Cloridor, Floriste. Dorothee, Brise-fer.

Cloridor.

POurrons-bien parler aſture en aſſeurance,
Et dire ſans regret, quatre mots d'importance.

Flor

Florise. Vous le pouvez fort bien.

Cloridor. Commandez de fermer,
Pour éviter tousjours ce qui se peut tramer.

Florise. Dorothée, fermez.

Dorothée. Ie vay vous satisfaire.

Cloridor.

C'est à ce coup qu'il faut vous declarer l'affaire,
Vous ne l'ignorez pas : mais je ne puis tarder,
Il n'y a plus de remise asture à demander.

Florise. Pourquoy ?

Cloridor. Vous le sçavez.

Florise. Racontez-en l'issuë.

Cloridor. Mon depart à ce coup demande vostre veuë.

Florise. Vous l'avez, achevez.

Cloridor.

C'est qu'il faut s'y resoudre, & ne me parler plus
A present des discours qui me sont superflus.

Florise.

Vous ne croyriez jamais comme j'en suis contente,
Pour arriver bien tost au bout de mon attente.
Car j'abandonne à vous mon honneur & mon bien.

Cloridor. Vostre honneur.

Florise. Ie di la verité, je ne vous cache rien.
Vous tiendrez aujourd'huy la place de mon pere,
Et tout ce que j'en fay, n'est que pour vous satisfaire.
Ie vous aime, il est vray, je ne le puis celer :
L'amour à tout moment me force de parler.

D'Alebas frappe à la porte.

Cloridor. Qu'enten-je donc, Brise-fer ?

Brise-fer. Quelqu'vn frappe bien fort la porte.

Dorothée. Ie vay voir ce que c'est.

Florise. Ie suis à demi morte.
Mon pere asseurément.

Dorothée. Nous sommes desolez.

Brife-fer à Cloridor. Monfieur, qu'en dites-vous? parlez.

Florifte.

Mal-heureufe Florifte, à quoy peux-tu pretendre,
Aprés tant de mal-heurs, enfin il faut fe rendre?
Qu'eft-ce que nous ferons? car je ne connoy rien.

Brife-fer.

S'il ne tient qu'à cela, j'ay trouvé le moyen,
Vous n'avez point d'efprit, mon Maiftre, vne parole
Vous fçavez désja bien que je fuis vn bon drole.

Cloridor.   *Il luy parle à l'oreille.*

En bonne verité, c'eft vn garçon d'efprit.

Florifte.

Parlez-moy vitement, qu'eft-ce qu'il vous a dit?
Voila qui va fort bien, & ce qu'il nous faut faire.

*Il parle à l'oreille de Florifte, & elle luy donne vn
piftolet, & Brife-fer fe cache derriere vne tapifferie.*

Cloridor. Nous eviterons la colere d'vn pere.

SCENE CINQVIEME.

D'ALEBAS. FLORISTE. LE GRAND MAGVS. BRISE-FER.

D'Alebas.

QVe veut dire cecy, ma fille? Quel fracas,
Voir dedans ma maifon fortir de Fierabras?
Florifte. Ie n'en puis plus.
Le Grand Magus. Laiffez remettre fes efprits.

Florifte.

Aprés ce mal-heur-là mes fens font tous furpris.
Vous fçaurez que la porte eftoit à demi ouverte,
Que mes yeux la pouvoient voir à la découverte,
Qu'vn certain hardiment pourfuivi d'vn Baron,
A ce qu'il fe nommoit, eft entré à la maifon.
Moy qui trembloy de peur avecque ma fervante,

Nous

Nous le laiſſons paſſer, ou jamais je ne mente.
Le dernier qui ſuivoit, va fermer aprés luy,
Et luy crie, Coquin, tu mourras aujourd'huy,
De ces rudes diſcours, enfin, tout eſtonnée,
Empeſchent mon eſprit d'éclaircir ſa penſée.
Il peſtoit contre moy : mais entendant frapper.

Briſe-fer ſort derriere la tapiſſerie, ſe met à genoux.

Briſe-fer à d'Alebas.

Monſieur, pardon, je viens trop de m'émanciper :
Mais eſtant pourſuivi d'vne meſchante teſte,
I'ay creu d'eſtre aſſeuré dedans cette retraitte.

D'Alebas.

Ie ſuis fort ſatisfait qu'aujourd'huy ma maiſon
A evité vn mal-heur, peut-eſtre ſans raiſon.

Briſe-fer.

Ie vous ſuis obligé, vous le pouvez bien creire.

D'Alebas.

Ma maiſon t'a ſervi d'vn rencontre de pere.

Briſe-fer. Adieu, Monſieur.

D'Alebas. Adieu, mon bon ami,
Penſe de te venger contre ton ennemi.

SCENE SIXIEME.

D'ALEBAS. FLORISTE. LE GRAND MAGVS.

D'Alebas.

ENfin il faut aller ſuivre aujourd'huy le Roy.
Ie ne m'en puis dédire, ayant vn tel employ.
Ie paſſe pour vaillant, & veux bien qu'on le ſçache.
Et ſi je ne vay pas, je paſſeray pour lache.
Il faut tout hazarder. La generoſité
Ne s'attribuë pas qu'à qui l'a merité.
Et l'honneur eſt plus grand à toute noſtre race,
De le bien ſoûtenir, que d'avoir l'ame baſſe :

Quoy que ces fentimens ne foient pas paternels,
Lors qu'il te faut quitter, ils font vniverfels
Aux plus braves guerriers, pour môtrer leur courage:
Ie ne t'en fçaurois dire aujourd'huy d'avantage:
Car il m'en faut aller pour eftre des premiers.

Florifte.

Et vous refterez bien peut-eftre des derniers.

D'Alebas.

Ne me replique point, pour tacher de me plaire.

Florifte. Permettez.

D'Alebas. Et quoy?

Florifte.

Que je dife vn difcours que je ne fçaurois taire.
Et que dés aujourd'huy.

D'Alebas. Achevez.

Florifte.

Ie me trouve fans pere, & mefme fans appuy.

D'Alebas.

Que peut-on efperer d'vn cœur qui foit plus tendre?
Cruel éloignement, je ne veux plus l'entendre.

Florifte.

Ha! ne m'écoutez pas pour oüyr mes foûpirs.
Ie ne demande point de rompre vos defirs.
Pourfuivez, pourfuivez : fi je pouvois vous fuivre,
I'effuyerois les coups qui viendroiët pour vous nuire.

D'Alebas.

Ie reconnoy mon fang entendant ce propos,
Et je te dois aimer aprés ces tendres mots.
Dure & cruelle loy! pour fe mettre en eftime,
Faudra-t-il voir fléchir vn cœur fi magnanime?
Non, non, c'eft trop rêver : d'Alebas, où eft-tu?
Tu balances : je voy ton efprit abatu.
C'eft les derniers foûpirs qu'elle aura de mon ame.

Florifte. Aprés cela, je pâme.

L

Le Grand Magus tout bas.

Ne montrez pas icy que vous estes sans cœur.

Floriste.

J'ay remis mes esprits, autant que ma douleur.

D'Alebas.

Que je n'entende pas soûpirer d'avantage.
Il faut delaisser tout où l'honneur nous engage.
En aprés il le faut, puis que c'est mon devoir :
Car l'homme est parmi nous, ce qu'il se fait valoir.

Le Grand Magus.

Ce sont les gens bien faits qui recerchent la gloire,
Et qui tachent d'avoir en tous lieux la victoire:
Vous avez pris naissance au milieu des combats.
J'ay veu vostre grand pere, appellé d'Alebas,
Dont vous portez le nom, qui n'aimoit que la guerre,
Et que quand il marchoit, faisoit trembler la terre,
Les plus braves estoient heureux d'estre avec luy.
Ce que le pere a fait, le fils fait aujourd'huy.

D'Alebas.

Mais cependant, Floriste, aujourd'huy doit cônoître,
Que vous serez son pere, & ensemble son maistre :
Que vous gouvernerez ma maison comme moy.
Qu'elle se soûmettra du tout sous vostre loy.
Car je l'estime trop pour croire le contraire,
Aussi elle a trop d'esprit pour me vouloir deplaire.
Je connoy son humeur, c'est tout dire aprés tout,
De ce commencement nous en verrons le bout.
Je ne tarderay pas aprés ces deux campagnes.
Peut-estre nous irons du costé des montagnes.
Mais comme le Roy cache aujourd'huy son dessein,
Je n'en puis pas juger, estant dans l'incertain.

Le Grand Magus.

Je vous suis tout acquis pour vn sujet semblable,
Puis que pour cet effet vous me jugez capable.

Laiſſez-moy gouverner, vous connoîtrez vn jour,
Que je ſçay mieux ſervir qu'on ne fait dans la Cour.
Ie ne pretens de vous aucune recompence,
Ie connoy les reſpects deus à voſtre naiſſance :
Et s'il falloit encor, pour vous mieux obliger,
M'expoſer avec vous au milieu du danger.
Dans cette occaſion vous connoîtrez peut-eſtre,
Que lors qu'il faut ſervir, je le fais bien parêtre.

D'Alebas.

Vous me l'avez fait voir quand il eſtoit beſoin.
Ie me contente aſſez d'en eſtre le témoin,
Et je ne m'en veux plus éclaircir d'avantage :
Car ce ſeroit douter.

Le Grand Magus. Et dequoy ?

D'Alebas.

Autant de voſtre eſprit, que de voſtre courage.

Le Grand Magus.

Ces propos maintenant ſont pour moy ſuperflus,
Ie vous prie aprés tout, de ne m'en parler plus,
Puis que depuis long-temps je vous ſuis redevable.

D'Alebas.

Ie ne ſçaurois cachér ce qu'on croid veritable :
Mais puis qu'il faut briſer maintenant ce diſcours,
Et qu'il faut s'en aller, ſans plus autre recours,
Ie vous laiſſe tous deux. Adieu, ma fille.

Floriſte. Adieu, mon pere.
T'arrache ce diſcours de mon cœur pour vous plaire.

SCENE SEPTIEME.

FLORISTE. LE GRAND MAGVS.

Floriſte.

IE crains avec raiſon, puis qu'vn injuſte ſort,
M'oſte aujourd'huy mó pere, & l'amene à la mort.

Mon

Mon efprit balancé ne fe peut pas refoudre :
J'aime bien cet hôneur;mais j'en crains bié la foudre.
Dans l'eftat où je fuis, rien ne me peut guerir :
Mon mal eft fans remede, il faut le découvrir.
Cloridor, où eft-tu, pour foulager mon ame,
Ie ne puis plus celer vne fecrete flamme ?
Vien-moy donc fecourir, que retardes-tu tant ?
Fay voir que tu me fers en veritable amant.
Ne me delaiffe pas, puis que l'on me delaiffe.
Tu feras mon appuy, je t'aimeray fans ceffe.
Mais je connoy fort bien que tu rompras ta foy.
Tu ne peux pas quitter avecque cet employ.
Mon efprit fur ce poinct eft tousjours dans le doute,
Il me femble le voir qu'il a pris cette route.
Que faut-il que j'efpere aprés tant de rigueurs,
Que de me voir vn jour comblée de mal-heurs.
Mal-heureufe Florifte, à quoy peux-tu pretendre ?
Ton pere & ton amant qui vont fuivre Alexandre,
Ne reviendront-jamais, ils mourront dans ces lieux,
Ie jette ces foûpirs pour ces derniers adieux.
Encor fi ce perfide aujourd'huy fçait connoître,
Comme je l'aime affez, l'ayant bien fait paroître
Devant que de partir : pour faire fon devoir,
Il viendra fans tarder dans ce lieu pour me voir.

Le Grand Magus.

A ce que je connoy, vous eftes amoureufe,
Et vous avez caché jufqu'icy voftre rufe.
Mais pour vous foulager, nous le ferons venir,
Il pourroit avec vous vn peu s'entretenir.

Florifte.

Ah! ne me railles pas du fujet qui me trouble.

Le Grand Magus.

Qui fe fache avec moy, n'efpere que le double.

G

Floriste. Et quoy ? vous pretendez de me desobliger?
Sçachez que je suis fille à m'en sçavoir venger.

Le Grand Magus.

N'estes-vous pas sous moy : voire, quelle arrogance?
Depuis quand avez-vous perdu l'obeyssance ?
Vous-vous méconnoissez.

      Floriste. Insolent, c'est assez.

SCENE HVICTIEME.

Du Balais.

IE connoy son humeur, c'est vn esprit volage,
Ie la rangeray bien, sans parler d'avantage.

ACTE IV.

SCENE PREMIERE.

ALEXANDRE. CLORIDOR.

Alexandre.

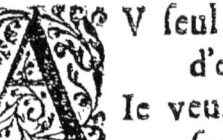 V seul bruit de mon nom, tout tremblera
      d'effroy.
      Ie veux que tout se range aujourd'huy
      sous ma loy.
Ceux qui resisteront, je leur veux bien apprendre,
Que je suis plus qu'vn Roy, m'appellant Alexandre,
Ie sçay ranger les bons, & dompter les mutins.
Les mutins par la mort, les bons par les butins.
Qu'on se doit abaisser au devant ma vertu,
Autant que s'éloigner devant de mon épée :
Et que je veux bastir ce qu'on a abatu,
Par mon commandement, dessus ma renommée.

         Cloridor.

Tout est désja sous vous, & vous avez rangé
               Chacun

Chacun dans le devoir. Vous-vous estes vengé
Des peuples mutines : & par cette vengeance,
Vous faites craindre ceux, qui remplis d'arrogance,
Voudroient choquer leur Roy, se croyant estre vnis.
Mais vostre Majesté les aura tost punis.

Alexandre.

Ie veux dés aujourd'huy que le plus grand courage,
Apprene qu'Alexandre éprouvera sa rage :
Et aprés tout cela, que les plus grands güerriers,
Vienent couvrir ma teste à l'entour de lauriers.
Mais c'est trop retarder dans le téps qui me trompe.
Qu'on fasse publier par tout à son de trompe,
Que tous les Officiers se tienent preparez,
Et que quand je voudray je les trouve tous prests.
Cependant vous irez ordonner ces affaires,
Pour s'en aller bien tost punir ces temeraires.

SCENE SECONDE.

Alexandre avec deux Pages.

IL faudra bien tost voir d'assembler mon Conseil,
Quoy que leurs sentimens soient bien au mien pa-
Mais cóme il faut regner avecque la prudence, (reil:
Ie tiens le poids en main, le pouvoir la balance.
L'vn fait connoître à tous que j'aime bien le droit,
Et l'autre tient la bride à qui m'offenceroit.
Tout le monde obeyt alors que je commande.
Et j'ay dans vn moment tout ce que je demande,
Puis que le Ciel propice a voulu par mes vœus,
M'élever sans pareil par les tresors des Dieux.
J'acheve ce discours poursuivant ma fortune,
Et je demande encor qu'elle me soit commune :
Car si je puis par elle abaisser tout sous moy,
Ie pourray bien encor la ranger sous ma loy.

Si les Dieux aujourd'huy m'ont voulu faire naistre
Au milieu des lauriers, pour me faire parêtre :
Qu'ont-ils donc à se plaindre aprés tant de faveurs,
Dont je me sent vaincu, qu'estre plus que vainqueurs?
C'est suivre leur pouvoir, le Ciel me le propose :
Cependant allons voir comme tout se dispose.

SCENE TROISIEME.

FLORISTE. ALEXANDRE.

Floriste. D'Alebas , d'Alebas.
　　　　Mon pere, où estes-vous ?
　　Alexandre. Quelle voix me surprend ?
　　Floriste. Sire,
Excusez ma douleur qui me force de dire.
　　Alexandre. Madame, & qu'est-ce ?
　　Floriste. Ce que je n'oze celer.
La rage à tout moment me force de parler.
Mon esprit tout troublé pense qu'à la vengeance
D'vn crime, que les Dieux tienent pour vne offence.
　　Alexandre. Qui vous a donc fait tort ?
　　Floriste. Ie deplore mon sort.
S'il faut le declarer, j'ay bien dequoy me plaindre:
Mon mal-heur est trop grand pour vous le pouvoir
Pour témoins du sujet, j'en implore les Dieux. (feindre,
　　Alexandre. Expliquez-vous donc mieux.
Floriste. S'il faut le raconter : L'absence en est sensible
D'vn pere qui m'aimoit, & qui dans l'impossible
De quitter son honneur, pour suivre vostre loy,
M'a laissé vn insolent, qui veut joüyr de moy.
Mon esprit tourmenté d'vne façon estrange :
S'il n'en tire raison, quel moyen qu'il se change ?
Il vous implore icy, comme le Conducteur,
Et croid que vous aurez égard à son mal-heur.

Alex

Alexandre.

Vn esprit genereux pour rieu faut-il qu'il cede,
Les moyens sont fort grãds pour trouver du remede,
Qu'on le fasse venir, dites, que je l'ordonne,
Et qu'on s'aille asseurer vite de sa personne.
Ce sujet choque trop à present mon esprit.
L'insolence est trop grande, à ce qu'elle a décrit.
Cependant poursuivez, je veux en cette affaire,
Vous servir promptement, & en place de pere.

Florise.

Mon ame qui désja pressentoit sa douleur,
Craignoit depuis long temps l'effet de mon malheur.
Mon destin qui suivoit pas à pas l'infortune,
Faisoit connoître assez qu'elle m'estoit commune.
Les Dieux pour m'éprouver, ont fait cesser leurs dõs,
Et m'ont voulu punir pour de grandes raisons.
La terre qui pour moy ne portoit que de roses,
A voulu les tourner en de metamorphoses.
Ce pere qui n'avoit que des yeux pour me voir.
Ce Ciel qu'en me faisant ouvrit tout son pouvoir,
Et qui pour me flatter me laissa tant de charmes,
Ne devoit-il pas bien me venger de ses armes.
Iustes Dieux ! je replique encor pour mon secours.
Vengez, vengez l'affront de mes justes discours,
Ou permettez du moins, qu'aprés cela je meure.
Car je vis pour mourir, aux tourmens que j'endure.

Alexandre.

Madame, fondez-vous sur mon intention,
Sans suivre les transports de vostre passion :
Et croyez que les Dieux avecque leur puissance,
S'ils cerchent de tourmens pour punir cette offence,
N'inventeront jamais pour luy plus de danger,
Que m'on esprit pourra fournir pour vous venger.
Appaisez librement cette juste colere.

C'eſt moy, c'eſt moy, qui veux pour tout vous ſatis-
N'implorez point pour vous tant de Divinitez. (faire,
S'ils s'eſtiment puiſſans, j'ay bien leurs vanitez.
Reconnoiſſez donc mieux, cóme on me doit cónêtre,
Car lors qu'il faut ſervir, je le ſay bien parêtre.

Floriſte.

C'eſt à tort que je ſens mon eſprit balancé,
Ie voudrois par raiſon n'avoir jamais penſé.
Vous eſtes, je ſçay bien, trop juſte & raiſonnable,
Pour n'accabler le mal à preſent qui m'accable.
Ce n'eſt pas d'aujourd'huy qu'on cónoit vos valeurs,
Voſtre eſprit le témoigne, & vos Predeceſſeurs.
Ie ne ſçaurois jamais m'expliquer d'avantage :
Car ce ſont les effets d'vn Roy de grand courage.

Alexandre.

A ce que je connois, voſtre humeur me plait fort,
Puis que cecy depend. Mais voicy Cloridor.

SCENE QVATRIEME.

CLORIDOR. ALEXANDRE.

Cloridor.

IE viens d'executer ſi promptement voſtre ordre,
Que tout le monde eſt preſt à ce coup d'en demor-
Mais qui trouble ?　　　　　　　　　　　　(dre,

Alexandre. Madame, agreez à preſent,
De vous choiſir vn lieu dans mon appartement.

Cloridor.

Alexandre. Pourſuivez.
Cloridor. Mon eſprit.
Alexandre. Qui vous arreſte ?
Cloridor. Sans doute cette.
Alexandre. Cette.
Cloridor. Cette Dame.

Alexandre. Pourquoy ? la connoissez-vous bien ?

Cloridor.

Mon devoir me permet de ne vous cacher rien,
L'amour.

Alexandre.

L'amour vous doit faire paroître lâche.

Cloridor.

Donnez à mon esprit quelque peu de relâche,
L'excés de mon amour est si grand en ce poinct,
Qu'à ne vous pas mentir, vous ne le croirez point
Cet object a charmé mon ame en telle sorte,
Que si vous le sçaviez, vous me feriez escorte,
Le dessein que j'avois pour le mettre en repos.

Alexandre.

Ie ne puis sans soupçon, comprendre bien ces mots,

Cloridor.

A vous advoüer tout, mon amour est extreme,
Le rencontre est heureux pour celle-là que j'aime.

Alexandre tout bas.

Ceci, sans point mentir, merite d'estre sçeu,
L'intrigue en est fort bon, à ce que j'ay connu,
Dites-moy, Cloridor, comme va cette affaire ?
Vous estes tout troublé. S'il estoit necessaire,
Pour vous mieux contenter, de la faire venir,
Elle avec vous pourroit vn peu s'entretenir.

Cloridor.

Son absence pourroit m'estre beaucoup sensible.

Alexandre.

Le sujet en est clair : mais il est trop visible.
Pourtant allez luy rendre à present le devoir
D'vn veritable Amant, vous avez le pouvoir :
Tâchez avec cela de la rendre contente,
Et vous viendrez, peut-estre, au bout de vostre at-
    tente.

SCENE CINQVIEME.

Alexandre seul.

S'Il faut le declarer, l'affront en est trop grand.
Cecy choque le pere, & encor plus l'amant.
Quand Cloridor sçaura le sujet de l'affaire,
Il ne manquera pas d'estre bien en colere.
Allons cependant voir le dessein de nos gens,
Ma presence pourra les rendre plus contens.

SCENE SIXIEME.

Brise-fer seul.

AH! mon Maistre, mon Maistre, où estes-vous
        mon Maistre ?
Que pleut aux Dieux, jamais j'eusse pû vous cônêtre.
Aprés tant de malheurs, povre, que feras-tu ?
Ie ne donnerois pas de ta vie vn festu.
Mais, mõ sort, pourquoy donc me traitter de la sorte?
Iustes Dieux ! au secours, je vous crie main forte.
Quelle crainte panique a surpris mes esprits ?
Lutins, Diables d'enfer, vous estes mal appris,
Vous voulez faire peur à vostre camarade.
Laissez-moy, s'il vous plait, faire ma promenade.
I'en voy vn, j'en voy vn, qui sort de l'antre noire.
De ce sujet-icy s'en feroit vne histoire.
Voir des testes de mort, voir des demons en l'air.
Des écrits en Magus, d'autres en Lucifer.
Et qui ne tomberoit bien tost en frenesie.
Rien ne peut divertir ce coup, ma fantasie.
Ces forgerons de feux qui veulent m'attaquer.
Ah! la peur me surprend, j'ay peine à m'expliquer,
Hola, mon Maistre, hola.

SCENE

SCENE SEPTIEME.

CLORIDOR. BRISE-FER.

Cloridor.

QVi fait du bruit ? Qui crie ?

Brise-fer.

Defcendez, defcendez vite, je vous en prie.

Cloridor.

Qu'entens-je par icy : voy quel extravagant ?

Brise-fer.

Qu'entens-je par icy? pleut aux Dieux non pas tant.
Ie croy que mon efprit de temps en temps fe change:
Enfin je fuis traitté d'vne façon eftrange.

Cloridor. Explique-toy donc mieux.

Brise-fer.

Mais n'entendez-vous pas ce bruit dedans les cieux?
Ces Demons qui vous crient,côme à fon de trôpete.
Ce forchu qui vous fuit, qui devant vous tempefte.
Vne voix. Rend cette fille, la perfide Cloridor.

Brise-fer.

N'entendez-vous pas donc ? Ie fuis à demi mort.
Si par hazard le Diable aujourd'huy vous emporte,
De peur qu'il fe manquât, je luy vay faire efcorte.

Cloridor.

Mes fens font tous furpris, & à ce que je vois,
Vne voix. Rend-la encore vne fois.

Cloridor.

Ho, je n'en feray rien, exerce ta magie:

Brise-fer.

Ah ! mon Maiftre, cecy vous va coufter la vie.
Ne l'avoy-je pas dit? fi faut-il que je pleure.
Certes je n'en puis plus,voyant mon avanture.

Cloridor eft emporté par deux Lutins.

H

SCENE HVICTIEME.

LE GRAND MAGVS. BRISE-FER.
Change le Theatre.

Le Grand Magus.

QVi ne tremble où je suis ? Morveux, qu'est-ce
              Brise-fer.   que c'est?
Monsieur, Monsieur, pardó: mais je n'ay pas rien fait,

Le Grand Magus.

Et ne sçais-tu pas bien que je metamorphose
Les hommes, les rochers, que de tout je dispose ?
Que par mon seul pouvoir, j'ébranle tous les cieux,
Que je mets les humains au rang des demi-Dieux,
Qui peut bien surmonter icy mon art magique ?
Ie commande l'Arctique & le Pole Antarctique.
Mais n'as-tu point de peur alors que tu me vois.
Ie suis le Grand Magus, renommé autresfois.
Qui de mon soufle seul, ay fait trembler la terre.
Ie domine par tout, & en paix & en guerre.
Ma baguette vaut plus que les thresors d'vn Roy.
Personne peut nier de n'estre sous ma loy,
Quoy que bien aise encor de te faire comprendre,
Que je sçay dans vn rien reduire tout en cendre,
Et que tous les guerriers me doivent leurs succés.

Brise-fer.

Hé ! Monsieur, hé ! Monsieur, c'est assez, c'est assez,

Le Grand Magus.

Ie te veux faire voir la teste de ton Maistre,
A peine maintenant pourras-tu la connêtre.

   L'on tire vn rideau, & il paroit vne teste de mort sur vne
   table : la teste de mort parle par le moyen d'vn tuyau, le
   pied de la table troüé.

Brife-fer.

Hola! je fuis perdu, mal-heureux Brife-fer.

Le Grand Magus.

Remarquez cette tefte, elle vient de l'enfer,
Des lieux où je commande, & qui me font effence.
Là font tous tes parens de bonne fouvenance.
Elle te parlera de ta mere jadis,
Chaffé brufquement par moy du Paradis.
Ecoute-la parler, pefter contre Florifte,
Et fçache qu'il n'y a rien qui contre moy refifte.
C'eft dóc à toy d'apprédre aujourd'huy mon pouvoir,
Ce qu'à prefent je fuis, ce qui me fait valoir.

Brife-fer.

Qui ne trembleroit pas prés de voftre Magie?
Faites-la toft ceffer, Monfieur, je vous en prie.

Le Grand Magus.

Apprens, apprens par tout comme on fe doit ranger,
Qu'on peut bié m'attaquer, mais non pas fans danger.

SCENE NEVFVIEME.

Brife-fer feul.

ME voila bien furpris, où croy-je que je fuis?
Il me femble les jours me paroiffent de nuicts?
Mon efprit tout troublé ne fçait plus fe conduire.
Ie crain, non fans raifon, que tout me doive nuire,
A parler fagement, j'ay bien dequoy penfer:
Mais pour faire chemin, fi faut-il s'avancer.
O! c'eft bien le moyen de fe donner carriere,
Faire vn pas en avant, & vn autre en arriere.
Ie ne pourray jamais aller dans ma maifon,
Mon corps trop hazardeux, eft devenu poltron,
Voy-je pas derechef quelqu'vn autre parêtre?

SCENE DIXIEME.

FLORISTE. BRISE-FER.

Floriste.

J'Avois peine de loin à te pouvoir connêtre,

Brise-fer.

Levez-vous toft d'icy, ne me tourmentez plus.
Ie ne veux plus oüyr, ni teſte, ni Magus.

Floriſte.

Tu rêves à preſent, connois-tu pas Floriſte ?

Brife-fer. Eſt-ce vous ?

Floriſte. Si c'eſt moy ?

Brife-fer. Vous allez eſtre triſte.

Floriſte. Dequoy ?

Brife-fer.

De voſtre Amant, qui par vn rude ſort,
A fini.

Floriſte. A fini.

Brife-fer. Il eſt mort.

Floriſte. Il eſt mort !

Brife-fer.

Oüy, Madame, il eſt mort, je viens de voir ſa teſte,
Qui m'a fait tout trembler, qui contre vous tempeſte,
Qui parle des enfers, qui fait pleurer les vifs.
N'avez-vous point de peur? car pour moy je m'en fuis.

Floriſte.

Arreſte, Brife-fer, vn peu de patience,
A ce que je connois, ton proceder m'offence.

Brife-fer.

Pour me faire arreſter, pleurez avecque moy.

Floriſte.

Le grand fou.

Brife

Brise-fer.

Parlez mieux, & ce sur vostre foy.

Floriste.

Ne t'amuse plus donc à railler de la sorte :
Car pour te frotter bien, ma main est assez forte.

Brise-fer.

Vous-vous imaginez que je parle à dessein :
Croyez ce que je dis, tout est que trop certain,
Deux Demós sans raison ont emporté mon Maistre.
Ie n'ay pas eu le temps de me bien reconnêtre.
Que j'ay veu sur le champ au devant de mes yeux,
Paroître vn qui disoit d'ebranler tous les cieux,
Ou plustot diray-je l'autheur de cette piece.
C'est vn homme d'esprit, d'vne grande hardiesse.
Il commande par tout, sa baguette vaut plus
Que le thresor d'vn Roy, enfin c'est le Magus.

Floriste.

Sur ta foy, Brise-fer, le pourray-je bien crere ?

Brise-fer.

Sur ma foy, croyez-le, puis qu'il est necessaire.

Floriste.

Dernier de mes mal-heurs, achevez de poursuivre.
N'estes-vous pas lassé de me laisser trop vivre ?
Que ferez-vous, Destins, que me causer la mort ?
Faites-la tost venir, je suis au bout du port.
I'ay merité des Dieux cette juste colere.
Ils punissent l'orgueil de la fille & du pere.
Cessez tous mes espoirs avec grande raison,
Et mon ame fuyez cette obscure prison.
C'est trop la detenir pour meriter du blâme,
Sortez donc de mon corps: sortez, sortez, mon ame.
Celle qui vous attend pourroit bien s'ennuyer.
Vous avez trop tardé, mon corps, de l'envoyer.

Elle tombe évanoüye entre les mains de Brise-fer.

Brise-fer.

Iuste Dieux! qu'est-ceci? remettez-vous, Madame?
Ie tiens tout voftre corps, pour arrefter voftre ame.

SCENE ONZIEME.

ALEXANDRE. BRISE-FER. FLORISTE.

Alexandre.

QVe veut dire cecy? D'où vient ce déplaifir?
Brife-fer.

I'ay retenu fon ame, elle alloit s'enfuyr.
Rappellez fes efprits.

Florifte. Ah! mon Amant eft mort,
Pourquoy vivray-je donc?

Alexandre. Voftre Amant?

Florifte. Cloridor.

Alexandre.

Cloridor! que je fçache à prefent cette affaire.
Ce difcours par raifon irrite ma colere.

Florifte.

Son valet pourra bien vous en faire recit.
Eclairciffez-vous-en, c'eft luy qui me l'a dit.

Brife-fer.

Sire, c'eft à regret que j'en diray l'iffuë,
Cet affront impuni meritoit voftre veuë.
Lors que ce grand Magus, ce Maiftre de faquins,
D'vn pouvoir abfolu, par deux ou trois Lutins,
A fait trainer mon Maiftre en quelque lieu du móde,
Ie n'en ay jamais veu fur la terre, ni fur l'onde,
A ne vous celer rien, de plus malicieux.

Alexandre.

Il faut pour ce fujet en implorer les Dieux.

Brife-fer.

Rien n'a pû refifter, s'il faut que je le die:

C'eft

C'eſt vn terrible effet qu'a fait cette Magie.

Alexandre.

Faut-il que mon pouvoir cede à de tels mortels,
Qui ſelon noſtre Cour, ſont preſcrits criminels ?
Helas ! que dira-t-on de ce grand Alexandre,
Vainqueur de l'Vnivers, qu'il ſe ſoit voulu rendre ?
Non, non.

SCENE DOVZIEME.

PLVTON. BRISE-FER.

Pluton Dieu des Enfers & Cloridor, ſur vn chariot,
deſcendent.

Pluton.

ARreſte , arreſte.
C'eſt de moy, c'eſt de moy, que tu tiens ta conqueſte.
Ie m'appelle Pluton, prens garde à mon pouvoir,
Ie te feray bien toſt ranger dans le devoir.
Cloridor, cependant je veux vous ſatisfaire.
Vous avez bien ſervi Bacchus, feu voſtre pere.
Vous avez ſoûtenu tousjours aux meilleurs coups.
Ie n'ay point de ſujet de me plaindre de vous.
Venez, charmant objeſt, pour eſtre ſi fidele,
Ie veux des ſombres nuiſts, vous faire l'eſtincelle.
Approchez, approchez, que d'vn ſacré lien,
Ie vous faſſe joüyr d'vn aimable entretien.
Que reſte-t-il de plus que vite je contente.

Briſe-fer.

Son valet Briſe-fer, avecque la ſervante.

Pluton.

Chacun ſera contant, & ſur tout, Briſe-fer,
Qui ſera le premier des forgerons d'enfer.
C'eſt Hymen pretendu, faut-il qu'il s'accompliſſe,
Ie veux que chacun aye aujourd'huy ſon office.

Brife-fer.

Ah ! non pas, s'il vous plait.

Pluton.

Prens garde à ces remarques:
Ton Amante sera la premiere des Parques.
Ce sera celle-là qui tirera le sort,
Et qui pourra abreger la vie par sa mort,
Alexandre, venez juger de cette affaire,
Qui par quelques raisons pourra vous satisfaire.

F I N.

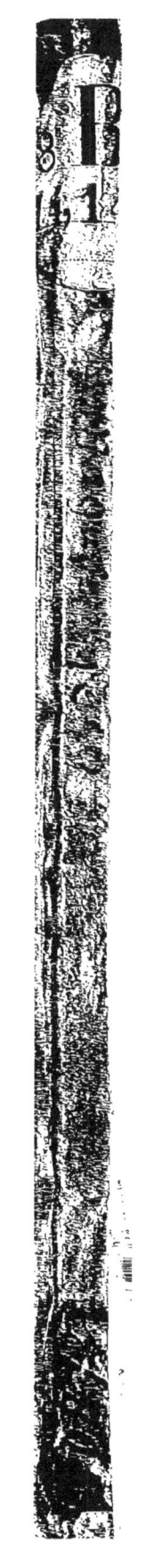

www.ingramcontent.com/pod-product-compliance
Lightning Source LLC
Chambersburg PA
CBHW071248210626
46818CB00013B/613